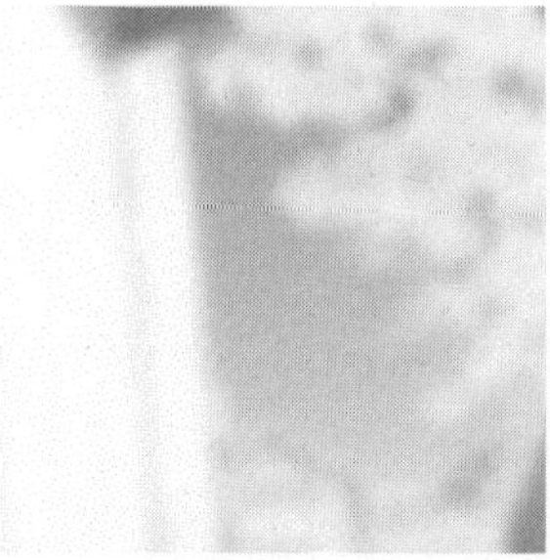

Niyama

Das ist der Abschlussband!
Vielen Dank, dass ihr die
Geschichte der beiden und
ihrer Katze mitverfolgt habt!

my pretty
policeman

my pretty policeman

Niyama

Inhalt

KAPITEL 11

ICH GEH DANN MAL. BIS SPÄTER.
KRAUL
KRAUL
MMMMH
MAO
TAPP TAPP
OH, WARTE! NOCH NICHT, SHIN.
LASS DICH VORHER NOCH ENT-FUSSELN.

DU BIST VON OBEN BIS UNTEN VOLL MIT CHIKOS HAAREN.
HÄ?
FLUFF
FLUFF
AH.
SCHMIIIEG
SCHNURR
MAUN
FLOFF
AAAH!
SHIN
SEIJI
RPP RPP
NA, KOMM HER, ICH MACH DICH SAUBER.
KORONG
KORONG
'KAY.
AUF SCHWARZEN KLAMOTTEN STECHEN CHIKOS WEISSE HAARE SOFORT INS AUGE.
ALLES KLAR, DREH DICH UM.
FWPP
WAPP
WAPP
MNAAH

SOOO, UND JETZT NOCH DEN SCHRITT ENTFUSSELN.
HRNG
SQUI
SCH
S... SEIJI, ...
... DA BITTE NICHT.
TEHE
GIB MIR DEN MÜLL.
SO, FERTIG!
PATT PATT
DANKE.
ICH MUSS NUR KURZ EIN WENIG PAPIERKRAM ERLEDIGEN.
MITTAGS BIN ICH WIEDER DA.
ALLES KLAR.
RUHIGEN FEIERTAGS-DIENST.
BIS SPÄTER!

TSCHILP
TSCHILP
FUWAAAH
GÄHN
ES IST ECHT WARM GEWORDEN UND DIE KIRSCHBLÜTEN BLÜHEN SCHON.
ZEIT, DIE WINTERKLAMOTTEN WEGZUPACKEN.
FRSCH
FRSCH
CHIKO VERLIERT AUCH SCHON IHR WINTERFELL.
FLUFF
...
FLUFF

TADAMM
DIE PUTZ-POLIZEI …
… IST BEREIT ZUM EINSATZ! ☆
BWOFF
MIAAOOUH
MRRAOUUH
FWWWMM
JA, ICH WEISS, ICH WEISS.
DU MAGST DEN STAUB-SAUGER NICHT.
WIE DAS STINKT!
HRRRR
HRRRR

JETZT NOCH DIE WÄSCHE …
PLOFF
PLOFF
OH …
NA TOLL …
WAPP
WUPP
PLOFF
HÄ?
ACH, NEE …
DAS SIEHT JA AUS, ALS HÄTTEN …
… HÄNSEL UND GRETEL IHREN WEG AUSGELEGT.
PLOFF
ICH GEH WOHL BESSER ZWEIMAL.
…
HIHI

WENN ICH SCHON DIE WÄSCHE MACHE, ...
... KANN ICH DAS GLEICH MIT WASCHEN.
DAS BRINGT MICH AUF 'NE IDEE ...
HI HI HI!
MAL SEHEN, OB SHIN AUCH WAS ZU WASCHEN HAT.
ABER ER IST IMMER SO ORDENTLICH. DA HÄUFT SICH NIE WAS AN.
SEIN PYJAMA UND ...
OH, SEINE UNIFORM!
NEIN, DIE IST NATÜRLICH SCHON GE-WASCHEN.
SCHNUFF SCHNUFF

UND SEIN ZIMMER IST AUCH IMMER SO SAUBER.
ER HAT SOWIESO KAUM ZEUG.
HAT ER DENN GAR KEIN SCHMUDDEL-HEFT ODER PORNOS?
HIER STEHEN NUR LAUTER ERNSTE BÜCHER.
KRAM
KRAM
SO WAS WIE „NOTGEILE POLIZISTEN RUND UM DIE UHR IM EIN-SATZ! HARTES VERHÖR MIT WACHTMEISTER SEXY", ODER SO?
TOCK
MEIN FOTO WIRD DOCH NICHT SEINE EINZIGE WICHS-VORLAGE SEIN.
NICHTS ZU FIN-DEN …
HM?
KLACKER

GATOCK
GATOCK
IST DA GERADE WAS HINTERS REGAL GE-FALLEN?
NUR NOCH ... EIN KLEINES STÜCK ... DANN ...
HOPP!
HAB'S!
GRA
FÜHLT SICH IRGENDWIE FLAUSCHIG AN.
SWUPP
SCHEINT NICHT KAPUTT ZU ...
... SEIN ...
WAS ZUR HÖLLEEE ?!

BIN WIEDER DA.
RATTER
TA TA TAPP
HALLO, CHIKO.
MIAU
HM?
DAS SIND DOCH SEIJIS SOCKEN.
ZWUPP
WAS MACHEN DIE HIER?

CHIKO, HAST DU DIE HIERHER ...
VERSTREUT
... GE-SCHLEPPT?
HIER
UND DA
SIEHT NICHT DANACH AUS.
WARUM LIEGT DAS SO VERSTREUT HIER RUM?

DAS SIND ALLES SEIJIS SACHEN. UND OBEN GEHT DIE SPUR NOCH WEITER.
ERST SEINE SOCKE, DANN SEIN PULLI, ...
... HIER SEIN UNTERHEMD UND DIE HOSE ...
HAT ER SICH ETWA ...
TRIPPEL
SWFF
STRIP
FLOPP
... AUF DEM WEG ...
... STÜCK FÜR STÜCK AUSGEZOGEN?

DAS STINKT GEWALTIG NACH EINER FALLE.
ERST MACHT ER MIR HOFFNUNGEN UND SOBALD ICH REINKOMME, ERSCHRECKT ER MICH.
ICH KENN IHN DOCH.
SEIJI.
SAG MAL, WAS SOLL DAS? WIESO LIEGEN …
… DEINE KLAMOTTEN ÜBERALL IM …
KATSCHACK
„KATSCHACK"?

?!
ROSA PLÜSCH-HAND-SCHELLEN
HAHAHAHAH! DU NARR!
S... SEIJI ...
DU BIST IN MEINE KLEIDERFALLE GETAPPT!
...
DER VERSAUTE POLIZIST WURDE HIERMIT OFFIZIELL UM 12:30 UHR FESTGENOMMEN!
TSCHINK

ALSO ECHT! DA SUCH ICH NACH SCHMUDDEL-HEFTEN UND DANN FIND ICH DIE HIER!
NIMM DAS! UND DAS!
STUPS
STUPS
DEINE VERSAUTHEIT KENNT JA ECHT KEINE GRENZEN.
SEIJI, …
… ICH HAB KEINEN SCHLÜSSEL FÜR DIE HAND-SCHELLEN.
HÄ?
WAS?!
DU HAST IHN VERLOREN?! UND WARUM WIRFST DU DIE DINGER DANN NICHT WEG?!
DAS WOLLTE ICH JA, ABER BEIM UMZUG SIND SIE DANN EINFACH IN EINER KISTE GELANDET.
ACH, VERDAMMT! WAS MACHEN WIR DENN JETZT?
KEINE AHNUNG … OB ICH 'NE ZANGE HAB?

WOZU HAST DU DIE ÜBER-HAUPT?
WOLLTEST DU DIE ETWA BEIM SEX BENUTZEN?
...
WIE JETZT? VOLL-TREFFER?
... ...
WAAAAHAHAHAHA
EXTRA DAFÜR HAST DU DIE GEKAUFT?!
NA, UND? IST DOCH NICHTS DABEI.
AUSSER-DEM WAR ICH GRAD ERST NEU BEI DER POLIZEI.
DU WOLLTEST DAMIT ÜBEN, WIE MAN HANDSCHELLEN ANLEGT?!
KULLER
KUGEL

PFFFF
PFUHU
ABER WIESO DENN AUSGE-RECHNET ROSA PLÜSCHHAND-SCHELLEN?
SIE HATTEN ZU DEM ZEITPUNKT EINFACH KEINE AN-DEREN DA.
SM ...
...
DU MIT ROSA HAND-SCHELLEN AN DER KASSE ...
PFUHU
WENN ICH MIR DAS NUR VOR-STELLE! HIHIHI!
SO EIN SUR-REALES BILD! HAHAHA!
SCHÜTTEL
SCHÜTTEL
SO WITZIG IST DAS AUCH WIEDER NICHT.
ES IST NUR ...
DU BIST EINFACH SO SÜSS, SHIN.
HAAAH, LACHFLASH PUR.

HAHAHAHA
ICH HÄTTE ZU GERN GESEHEN, ...
... WIE DU MIT DIESEN PLÜSCH-HAND-SCHELLEN ÜBST!
GNRN
SWUPP
FLÜSTER
JETZT BIN ICH STEIF.
HFF
HFF
HÄÄÄ?!
WIE DAS AUF EINMAL?!
WAS HAT DICH PLÖTZLICH SCHARF GEMACHT ?!

MTZ
SMK
MH!
MH!
SRRRT
MMH!
NJUCK
GNRZ
MH.
HFF!
SMK
SLP
SCHLK
SEIJI
...
HFF
MH.
HFF
HFF!
MH!
MMH!
TSCHLK
SLP
HFF!
HFFF!

ICH KAPIER ECHT NICHT SO GANZ, WAS GENAU DICH EIGENTLICH ANTÖRNT.
DU WARST ES DOCH, DER MICH IN DIE FALLE GELOCKT HAT.
TUPP
NA GUT, MEINETWEGEN. ICH HOL DIR EINEN RUNTER.
ABER MEHR NICHT, KLAR?
ICH MUSS DIE WÄSCHE NOCH MACHEN.
OKAY.
MHM.
DAS IST ECHT SCHWER, WENN DU MICH SO FEST UMARMST ...
FRSCH
FRSCH
FRSCH
FITSCH
OH, ...
FITSCH
... DU BIST JA SCHON GANZ HART.

…
!
ZUCK
FTSCH
GTSCH
TSCHLP
HAH
HAH
ER KOMMT UND KOMMT NICHT. HÄLT ER SICH ETWA ZURÜCK?
SEIJI!
HFFF
HFFFF
UWAAAAH!
PASS DOCH AUF! DU BIST SCHWER!
SCHNAUB
SCHNAUB
SMK♡
SMK♡
SEIJI, ICH WÜRD SO GERN …

WIPP
NEIN! DA KANNST DU MIR NOCH SO ZÄRTLICH INS OHR …
HEY! NICHT AN MIR REIBEN! UND HÖR AUF ZU WIPPEN!
RUBB RUBB
ZUCK
WIPP
WIR HABEN'S DIESEN MONAT NOCH GAR NICHT GEMACHT.
TU NICHT SO! DER MONAT IST NOCH NICHT MAL 'NE WOCHE ALT!
WIPP
RUBB RUBB
MH!
MTZ MTZ
WIPP WIPP
SHIN …
DIE WASCH-MASCHINE IST FERTIG. HÖRST DU NICHT?
DIDELDI DIDELDI
DAFÜR HÄNG ICH SPÄTER AUCH DIE WÄSCHE AUF.
ABER WIRK-LICH, OKAY?
WENN DU SIE NÄMLICH AUF-HÄNGST, IST SIE NACHHER IMMER ZER-KNITTERT.
WAS? SAG DAS NOCH MAL, MISTKERL!

HAH!
GNRZ
HAH
HAH
HAAH!
KNRZ
AH!
GNTSCH
HNN!
HAH
HAH
HAH
AH
GNTSCH
GNTSCH
NUCK
HAAH
AH
HNG
NUCK
MH
IRGENDWIE GEHT ER NICHT SO HEFTIG RAN …
… WIE SONST IMMER.
HAH

HAH
ICH KANN MICH NUR SCHLECHT BEWEGEN. DIE HANDSCHELLEN SIND IM WEG.
SO KANN ICH SEIJI ...
KATSCHINK
... NICHT VERNÜNFTIG ANPACKEN.
DU KANNST DICH NICHT RICHTIG BEWEGEN, ODER?
LASS MICH MAL. LEG DICH RUHIG HIN.
GNRR
TOPP
!
FWOMP
GNRR
GNRR
FUUUUH ...
ZDSCH
HNG!
SE... SEI... ...JI ...
HAH
HMM!
MH!
HA
HAH
WIPP
WIPP

HAH!
HA!
HA…
AH?!
GNRRZ
ZUCK
HAH
HAH
HAH
HAAAH
BWOICK
BWOICK
I…ICH HAB DAS GEFÜHL … DER WIRD IMMER GRÖ…
TSCHUPP
AH!
FWAMP
!
HFF
HFF
AAAH!
HAH
FWAMP
HAH
HAH
FWAMP
ZUCK
ZUCK
AH!
AH!
FWAMP
GRAPP
KRITSCHINK

FWAMP
HFF
HFF
WA... MOMENT!
DU BIST ... ECHT WILD!
FWAMP
GNRZ
GNRZ
AH
UH
SEIJI!
HAH
GNRZ
FWAMP
HAAH!
AH!
SCHAUDER
NG!
ZUCK
UH!
FWAMP
RUCK
HNNG!
RUCK
GNRZ
M... MIST! ER HÄLT MEINE HÄNDE FEST.
AH!
HNNG!
RUCK
ICH KANN MIR SELBST KEINEN RUNTER-HOLEN.
HAAH!
AH!
AH!
GNRZ
HA! HAAAH! SHIN!
NIMM ... MEINEN SCHWANZ IN DIE HAND.
ER BETTELT!

KAKRACK
ACH …
… JA, RICHTIG. SHIN KANN JA NICHT …
… WEGEN DER HANDSCHELLEN.
„KAKRACK"?
SWISCH
PLOFF
–
W… WAS IST DAS DENN?!
FUUUH
FUUUH

DIE NOTLAGE ... NEIN, ...
HAAAAH
ICH HAB DIE KETTE GESPRENGT ...
HAAAAH
... DIE EKSTASE VERLEIHT IHM BÄREN-KRÄFTE!!!
SEIJI ...
HAAAH
HAAAH
NJUCK
GNRZ
M... MEIN SCHWANZ HAT SICH SCHON WIEDER BERUHIGT. DU MUSST MIR NICHT MEHR HELFEN.

SIEHE BAND 1, SEITE 96

DU HAST DICH VERÄNDERT, SHIN.
ZUCK
HAB ICH GAR NICHT GEMERKT.
HAH
AH!
HAH!
AH!
DU BIST ... IRGENDWIE UNBE-SCHWER-TER.
AH!
AH!
ZUCK
GNRZ
HFF!
UAH!
AAAH!
AH!
HNG!
ZUCK
HAAH!
DAS LIEGT DRAN, DASS ICH SO VIEL SPASS HAB, ...
... WENN ICH MIT DIR ZUSAMMEN BIN.

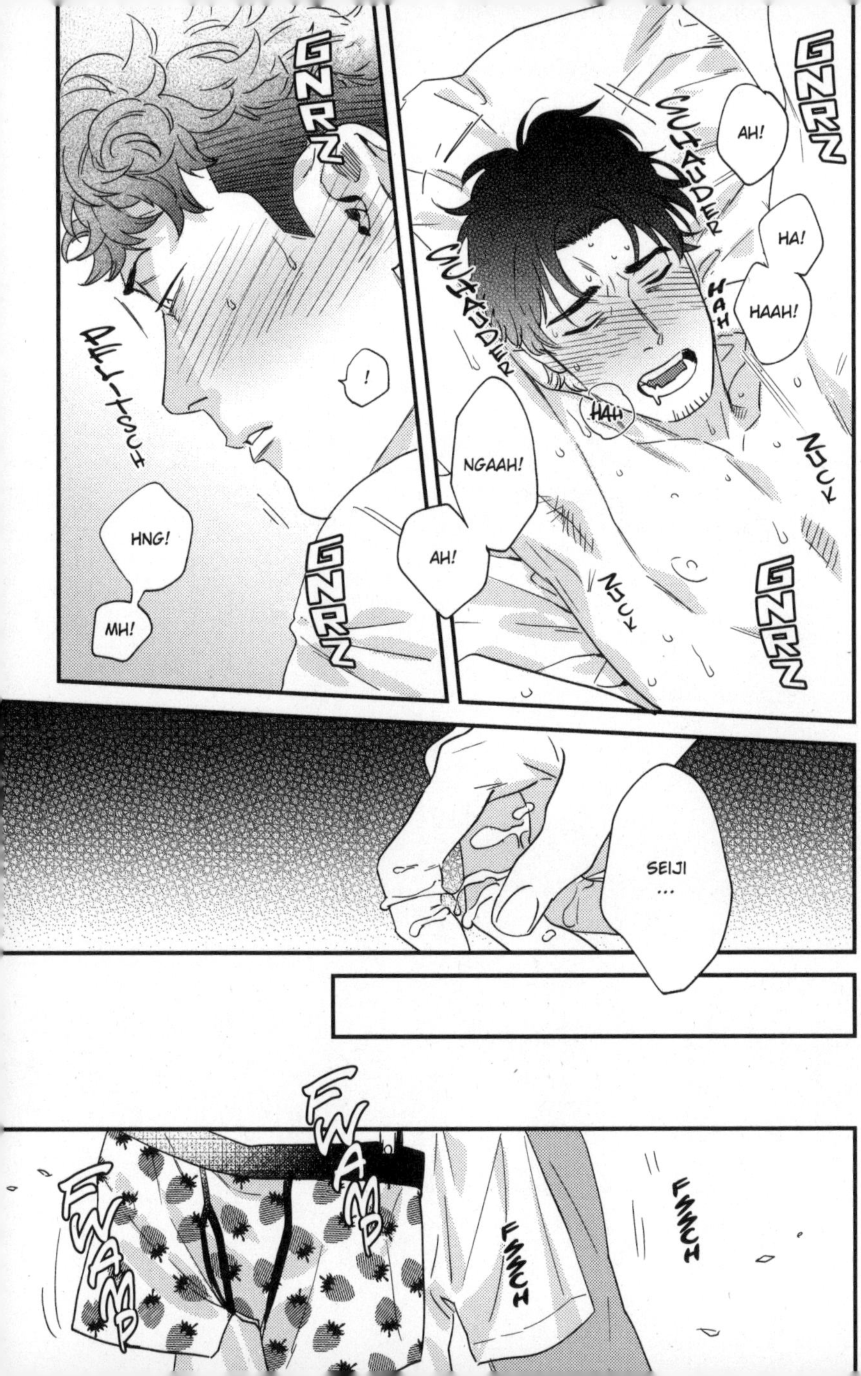
GNRZ
AH!
SCHAUDER
HA!
HAH
HAAH!
SCHAUDER
HAH
NGAAH!
AH!
NUCK
NUCK
GNRZ
GNRZ
!
PFLITSCH
HNG!
MH!
GNRZ
SEIJI
...
FWAMP
FWAMP
FSSCH
FSSCH

SIEH IHN DIR AN, CHIKO, DA STEHT ER.
FWAMP
DER PRACHTVOLLE FALTENGLÄTTER IN FREIER WILD-BAHN.
WAS WIRD DAS JETZT? EINE TIER-DOKU?
FWAMP
SO WIE ER DIE WÄSCHE SPANNT UND GLATT STREICHT, …
… HAT ER AUCH DIE FALTEN AN MEINEM POLOCH GEGLÄTTET.
DING DONG
DING DONG
SHIN, DIE ZWEITE LADUNG IST FERTIG.
MIAAAU
BIN SCHON UNTERWEGS …

KAPITEL 12

my pretty
policeman

12:34
Wetter für Japan
SSSLRP
Am Vormittag zeigte sich öfter die Sonne.
Am Nachmittag ist jedoch vielerorts mit Regen zu rechnen.
SSSLRP
Denken Sie also daran, einen Schirm mitzunehmen, wenn ...
SSSLRP
ACH NEE ... REGEN AM NACHMITTAG?
MIAU
Kommen wir zum nächsten Thema.
SSSLRP
ICH HAB DOCH GERADE ERST DIE WÄSCHE RAUSGEHÄNGT.
ZUCK

OH.
TA TA TAPP
WAS DENN, CHIKO? WILLST DU ETWA RAUS?
MIAON
SWP
SSST
HAAH
NEIN, WIR BLEIBEN HEUTE SCHÖN ZU HAUSE.
KNUDDEL
KNUDDEL
ES SOLL DOCH REGNEN.
PWATT
PWATT
PLITT
PLITT
PLITT
NA, SIEHST DU, ICH HAB'S DIR DOCH ...

DO DOMM
... GESAGT ...
DEIN MAUNZEN PASST JA ÜBERHAUPT NICHT ZU DEINEM AUSSEHEN.
KAUFLADEN TAJIMA

CHIKOS FREUND?
JA, DU HAST MIR DOCH NEULICH …
… VON DEM KATER ERZÄHLT, DER AB UND ZU VORBEIKOMMT.
MHM.
AH, DA IST DAS FOTO JA.
HAST DU DEN HIER GEMEINT?
JA.
ICH WÜRDE SAGEN, DAS IST ER.

ALLES KLAR. ICH HAB IHN VORHER NÄMLICH NOCH NIE GESEHEN.
DA IST EIN FREUND VON DIR, CHIKO?
ALS NAOTO UND TORU ZU BESUCH WAREN, SOLL ER AUCH DA GEWESEN SEIN, …
… ABER DA HAB ICH IHN VERPASST. JETZT HAB ICH IHN ALSO AUCH KENNENGELERNT.
ER HATTE KEIN HALSBAND. KÖNNTE ER EIN STREUNER SEIN?
SCHNURR
TJA, DAS IST SO 'NE SACHE MIT HALSBÄNDERN.
MANCHE KATZEN, SO WIE CHIKO, KÖNNEN DIE DINGER AUF DEN TOD NICHT AUSSTEHEN.
ACH? SO KENN ICH CHIKO GAR NICHT.
IST ES ECHT SO FURCHTBAR?
SIE RÜHRT SICH NICHT MEHR.
SCHMOLL
…
UND ES KANN AUCH PASSIEREN, DASS SICH DAS HALSBAND AN EINEM AST ODER SO VERFÄNGT UND AUFGEHT, WENN SICH DIE KATZE IRGENDWO DURCHSCHLÄNGELT.
ZURR
TSCHACK
VERSTEHE.

SO WIE ER AUSSAH, KÖNNTE ER ALLERDINGS DURCHAUS EIN STREU-NER SEIN.
GLEICHZEITIG WIRKTE ER ABER AUCH SEHR ZUTRAULICH UND AN MENSCHEN GEWÖHNT.
...
HM? WAS STARRST DU MICH DENN SO AN?
OH!
ACH ...
DU BIST MIR EBEN NUR WIE EIN RICHTIGER KRIMINAL-ERMITTLER VORGEKOM-MEN.
PFF!
ERM TLER

NA GUT! WENN DAS SO IST, DANN WERDEN WIR DEN HINTERGRUND UNSERES VERDÄCHTIGEN ÜBERPRÜFEN …
BRÜLL
… UND ERMITTELN, OB ER ALS FREUND FÜR UNSERE CHIKO GEEIGNET IST!
WACHTMEISTER NAKAMOTO!
JA…
JAWOHL!
SIE WERDEN MICH BEI DEN ERMITTLUNGEN UNTERSTÜTZEN!
MIAU
ERMITTLUNGEN MIT SEIJI?
EIGENTLICH STREIFENPOLIZIST

SWP
SIE ÜBERNEHMEN DIE ZEUGENBEFRAGUNG, WACHTMEISTER NAKAMOTO.
ZU BEFEHL.
NANU? WIESO HAST DU DENN PLÖTZLICH PIPI IN DEN AUGEN?
H... HAB ICH NICHT. DAS BILDEST DU DIR BLOSS EIN.
IN DIESEM MOMENT GING SHINS TRAUM, EINMAL MIT SEIJI ZUSAMMEN ZU ERMITTELN, ZUMINDEST EIN GANZ KLEIN WENIG IN ERFÜLLUNG.

HEY, SHIN!
WIR MÜSSTEN LOS.
OH! JA, ICH KOMM SOFORT.
HM? WAS SIEHT DU DIR DENN DA AN?
DIE LISTE MIT FUNDSTÜCKEN?
JA.
1
2
3
FUNDSTÜCKE
NR.
DATUM
30.05.
30.05.: EINE SCHWARZE LEDERGELDBÖRSE
10.06.
10.06.: EIN HAUSSCHLÜSSEL, EINE EINKAUFS
15.06.
15.06.: EIN PLÜSCHHASE
792
25.06.
25.06.: EINE ACTIONFIGUR
ICH WOLLTE NACHSEHEN, OB IRGENDJEMAND DEN KATER, DER AB UND ZU BEI UNS AUFTAUCHT, ALS VERMISST GEMELDET HAT.
KLICK
KLICK
WAS? EIN KATER?

KATACK
KÖNNTE DAS NICHT EIN STREUNER SEIN?
JA, DAS IST SEHR WAHRSCHEINLICH, ...
... ABER SEIJI MÖCHTE ...
AH!
A...
ALSO, HERR TAJIMA MÖCHTE DER SACHE NACHGEHEN.
ACH, HÖR AUF, BLEIB RUHIG BEI „SEIJI“.
DU KÖNNTEST DOCH WÄHREND DER STREIFE EIN WENIG HERUMFRAGEN.
ICH HELF AUCH GERNE MIT.
VIELEN DANK, DAS WERDE ICH.
ACH JA!
DA FÄLLT MIR NOCH WAS EIN ...
JA?
ALSO, UM HERAUSZUFINDEN, OB ER EIN STREUNER IST ODER NICHT.

EIN HALSBAND MIT EINER NACHRICHT?
MMMAO
SCHNIPP
JA.
MAN KÖNNTE ZUM BEISPIEL EIN KLEINES ZETTELCHEN MIT DER FRAGE, WIE ER HEISST, ...
... UNTER DAS HALSBAND KLEMMEN UND IHN WIEDER LOSSCHICKEN.
MNNN
BRAVES MÄDCHEN.
NOCH DREIMAL, DANN HAST DU'S GESCHAFFT.
HM, VERSTEHE.
SCHNIPP
UND WENN ER MIT EINER ANTWORT ZURÜCKKOMMT, WEISS MAN ALSO, DASS ER JEMANDEM GEHÖRT.
KEINE ÜBLE IDEE VON MAKI, DAS MUSS ICH IHM LASSEN.
HAT ER ETWA AUCH 'NE KATZE?
ER MEINTE, ER HAT ES IM FERNSEHEN GESEHEN.
ACH ... NA, DAS SIEHT IHM ÄHNLICH.
STOLZ

ICH HAB HEUTE WIEDER DEN GANZEN TAG WACHE GEHALTEN, ABER ES HAT NICHTS GEBRACHT.
ER IST SOFORT WEGGELAUFEN, ALS WÄR ER AUF DER HUT VOR MIR.
SWUUUSCH
FWIPP
ICH HAB AUF DER STREIFE HERUMGEFRAGT, ABER LEIDER NICHTS ERFAHREN.
NA, DANN WERDEN WIR'S MAL MIT DER HALSBAND-NACHRICHT VERSUCHEN.
MIAO
ICH HAB NOCH DAS HALSBAND, DAS ICH FÜR CHIKO BESORGT HAB.
SO, FERTIG MIT KRALLEN-STUTZEN.

AM NÄCHSTEN TAG
FSSSCH
HEUTE SCHEINT ER NICHT ZU KOMMEN.
AM ÜBERNÄCHSTEN TAG
FSSSSCH
HEUTE KOMMT ER WOHL AUCH NICHT.
KEIN WUNDER, BEI DEM VIELEN REGEN IN DEN LETZTEN TAGEN.
ER VERSTECKT SICH SICHER IRGENDWO VOR DEM REGEN.
JA, ICH HOFFE, DU HAST RECHT.

MORGEN NACHMITTAG SOLL'S SONNIG WERDEN. HOFFEN WIR, DASS ER DANN WIEDER VORBEIKOMMT.
GNRZ
MHM.
ZZZZ
CHIKO VERMISST IHN BESTIMMT AUCH SCHON.
ZZZZ
FWAAA
UUH ... IST DAS ETWA?

* ANSPIELUNG AUF DEN WALDGOTT IN „PRINZESSIN MONONOKE“

MIAH
KOMM BALD WIEDER!
FRSCH FRSCH
OH!
DA GEHST DU ALSO IMMER EIN UND AUS.
RSCH
AAAAH!
KAUFLADEN TAJIMA
AH.
PLOFF

DIESEN KATER MEINE ICH.
NEIN, TUT MIR LEID, DEN KENN ICH NICHT.
VERSTEHE.
SWP
ICH DANKE IHNEN TROTZ-DEM.
UND BITTE ENTSCHULDIGEN SIE DIE STÖRUNG.
ABER NICHT DOCH!
BIS JETZT KONNTE ICH NICHT VIEL HERAUS-FINDEN.
ICH FRAG MICH, OB SEIJI HEUTE MIT DEM HALSBAND-PLAN GLÜCK HATTE …

ÄHM, SAGEN SIE …
JA?
DA DRÜBEN SCHLEICHT SEIT EBEN EIN MANN HERUM. DAS IST MIR NICHT GEHEUER.
SCHLEICH
SCHLEICH
DA, SEHEN SIE, DER BEIM STROMMAST.
SEIJI?
VIELLEICHT EIN STALKER?
NEIN, KEINE SORGE, ER IST UN-GEFÄHRLICH.

WO WILL ER BLOSS HIN?
TUPP
TUPP
FLÜSTER
DÜRFTE ICH MAL KURZ MIT IHNEN REDEN?
HIAAAH
WAS ZUM TEUFEL?! SHIN! HAST DU MICH ERSCHRECKT!
BDUMM
BDUMM
BDUMM
BDUMM
WAS TREIBST DU DENN HIER, SEIJI?
DIE LEUTE WUNDERN SICH SCHON.
UNSER VERDÄCHTIGER HAT SEIN HALSBAND ABGESCHÜTTELT, ALSO HAB ICH MICH AN DIE VERFOLGUNG GEMACHT.
SIEHST DU? DA SITZT ER.
KRZ
KRZ
KRZ
KRZ
KRZ
KRZ
ACH, SCHAU AN.

ER LÄUFT GANZ SCHÖN VIEL RUM. DIE GEGEND MUSS WOHL AUCH ZU SEINEM REVIER GEHÖREN.
ICH WERD MICH HIER IN DER NÄHE …
… NOCH ETWAS UMHÖREN. VIELLEICHT FIND ICH JA WAS RAUS.
VERZEIHEN SIE, ABER IST IRGENDETWAS PASSIERT?
NEIN, ALLES IN ORDNUNG. ES IST NUR …
RSCH
ACH, DIESEN KATER MEINEN SIE?
RSCH
GLEICH HIER UM DIE ECKE FINDEN SIE EIN LEER STEHENDES HAUS.

EIN ÄLTERER HERR HAT DORT ALLEINE GEWOHNT.
ER IST JEDOCH LEIDER LETZTES JAHR VERSTORBEN.
RSCH
RSCH
DER KATER GEHÖRTE IHM.
ICH DACHTE EIGENTLICH, DASS DIE FAMILIE IHN MITGENOMMEN HÄTTE.

ALSO IST ER VOM HAUSTIER ZUM STREUNER GEWORDEN.
ABER WOHER HAT ER ETWAS ZU FRESSEN BEKOMMEN?
VIELLEICHT HAT IHN JEMAND GEFÜTTERT.
FWIPP
RSCHL
MRIIAH
RSCHL
OH, WAS HAST DU DENN?
NICK

BITTE ENTSCHULDIGEN SIE, MEIN SOHN HAT IHM HEIMLICH ZU FRESSEN GEGEBEN.
TUT MIR LEID.
ACH, DU WARST DAS?
WIR HATTEN DARÜBER GESPROCHEN, OB WIR IHN MITNEHMEN SOLLEN, ...
... ABER WIR WAREN UNS NICHT SICHER, OB ER SCHON JEMANDEM GEHÖRT.
NA, SO WAS! WER HÄTTE DAS GEDACHT?
WIR WAREN EBENFALLS GERADE DABEI, DAS HERAUSZUFINDEN.
WENN SIE DIE MÖGLICHKEIT HABEN, WÜRDEN SIE IHN DANN BEI SICH AUFNEHMEN?
ICH MÜSSTE SIE NUR BITTEN, FÜR ALLE FÄLLE EIN ÜBERNAHMEFORMULAR EINZUREICHEN.
JA, ... NATÜRLICH.
WEISST DU, DER KLEINE RACKER IST MIT UNSERER KATZE BEFREUNDET.
SIE HABEN EINE KATZE ZU HAUSE?
JA, EIN KLEINE WEISSE KATZENDAME.
WIE TOLL!

IST DIE SÜSS?
OH JA, RICHTIG SÜSS!
SEI DU AUCH IMMER LIEB ZU DEINEM NEUEN FREUND, OKAY?
JA!
DIE FAMILIE SEINES ALTEN BESITZERS IST IHN LETZT-ENDLICH NICHT ABHOLEN GE-KOMMEN.
TJA, ABER ...
DAFÜR HAT ER JA JETZT EINE LIEBEVOLLE NEUE FAMILIE GEFUNDEN.

MENSCHEN SIND SO EGOISTISCH.
NEHMEN TIERE AUF, SETZEN SIE AUS …
UMSO WICHTIGER, DASS MAN SICH UM SEIN EIGENES TIER BIS ZUM SCHLUSS KÜMMERT.
NICHT WAHR, CHIKO? ♡
SCHNURR
SCHNURR
WIR BLEIBEN ZUSAMMEN.
SCHNURR
MMUAH! MMUAH!
SMK
NNAH
AAH, DU DUFTEST NACH SONNENSCHEIN!
HM?
CHIKO?
MAO

DOMM
WIE JETZT?! DU HIER?!
MRIIAH!
BIST DU ETWA AUSGE-RISSEN?
NEIN, SIEHT NICHT SO AUS.
SCHAU MAL, ER HAT EINE NACHRICHT DABEI.
Falls Chako seine Freundin besuchen kommt: Vielen Dank, dass er bei Ihnen sein darf.
JA, WIRKLICH! LASS MAL SEHEN ...
FALLS CHAKO ... CHAKO?
DANN HEISST DU JETZT ALSO CHAKO?
SWUPP
MRIAH

LIEBE UND ZUNEIGUNG KÖNNEN EINEN JA GANZ SCHÖN VERÄNDERN.
ER GUCKT JETZT VIEL FRIEDLICHER UND NETTER.
MMRRR
MMRRR
MAO
MIAH
MIAH
ICH WUSSTE NICHT, DASS ER SO NIEDLICH SEIN KANN.
JA, STIMMT.

DU BIST DURCH MEINE LIEBE UND ZUNEIGUNG …
… AUCH VIEL FRIEDLICHER UND NETTER GEWORDEN, NICHT WAHR? ♡
STUPS STUPS
ICH WEISS NOCH, WIE DU WIE EIN MIESEPETRIGER STREUNER RUMGELAUFEN BIST, IMMER VON PRÜGELEIEN ZERSCHUNDEN.
HNNG …
„DAS HAB ICH NICHT NÖTIG", …
… HAST DU DAMALS GESAGT.
FLUNSCH
OH GOTT, BITTE HÖR AUF DAMIT.
SO HAB ICH DOCH GAR NICHT GEGUCKT!
WIESO MUSS ER SICH DARAN ERINNERN?
WARUM WARST DU DAMALS EIGENTLICH IMMER SO SCHLECHT DRAUF?
ICH HAB DICH DAS NOCH NIE GEFRAGT, WEIL ICH DACHTE, DU WILLST VIELLEICHT NICHT DRÜBER REDEN.
HM … TJA, GUTE FRAGE.

MEIN VATER WAR ZIEMLICH STRENG UND AUTORITÄR.
ALLES MUSSTE NACH IHM GEHEN. ER DULDETE KEINEN WIDERSPRUCH.
MIAU
MIAU
DIE LEHRER AN MEINER SCHULE WAREN ALLE IRGENDWIE WIE MEIN VATER UND ICH GLAUBE, DAGEGEN WOLLTE ICH REBELLIEREN.
ACH?
DU WARST DAS VÖLLIGE GEGENTEIL DAVON, SEIJI. DARUM FÜHLTE ICH MICH WOHL ZU DIR HINGEZOGEN.
N... NA, WAS DU NICHT SAGST! SOSOOO!
VERLEGEN
HIHI
VERLEGEN
DANKE, ...
... SEIJI.

DANKE, DASS DU MICH AUFGENOMMEN ...
... UND MIR LIEBE UND ZUNEIGUNG GESCHENKT HAST.

SO EMP-FINDEN WIR BEIDE, CHIKO UND ICH.
MIAAAO
SEIJI?
SCHRECK
?!
SWOPP
HUCH
WEINT ER ETWA?
SEIJI ...
N... N... NEIN, ICH WEINE NICHT!
ICH HAB DOCH NOCH GAR NICHTS GESAGT.
WEINST DU, SEIJI?
BDUMM BDUMM BDUMM
GUCK MICH NICHT AN!
ICH HEULE NICHT!

HÄTTE NICHT GEDACHT, DASS DU MAL WEINST.
DAS LIEGT AM ALTER. DA WIRD MAN RÜHRSELIGER.
WAS MUSST DU AUCH SO WAS RÜHRSEELIGES SAGEN?
SEIJI, ...
... ICH WERD DIR GANZ VIEL VON DEINER LIEBE UND ZUNEIGUNG ZURÜCKGEBEN.
NICHT NÖTIG. BEHALT SIE RUHIG.
ICH NEHM MIR EINFACH WAS VON DEINEN GEFÜHLEN FÜR MICH.
STARR
OHA!
WARTE MAL! MOM...
SEIJI.
SMK
SMK
HNNGBL!

KAPITEL 13

WAAAAH
20. August Polizei-Judo-Turnier der Präfektur XXX
KLATSCH
KLATSCH
KLATSCH
Bürgersporthalle
WAAAAH
WAAH
PADAMM
WAAH
PADAMM
WIR ZÄHLEN AUF DICH! DER POKAL GEHÖRT UNS, WENN DU GEWINNST!
ZEIG'S IHNEN, SHIN!
NAKAMOTO
ABTEILUNG FÜR KOMMUNALSICHERHEIT

* DANKES- UND HÖFLICHKEITSAUSDRUCK, DER BEI JAPANISCHEN KAMPFKÜNSTEN GEBRAUCHT WIRD

WAAAAH
WAAAAH
SHIN IST JA ECHT MIT UNGEWÖHNLICH VIEL FEUER BEI DER SACHE.
DER BRINGT SEINEN GEGNER ALLEIN MIT SEI-NER AURA FAST ZUM HEULEN.
ODER, SEIJI?
HÖRST DU MICH?
SEIJI?
MIR IST AUCH ZUM HEULEN ZUMUTE.
WAS? ABER WOVOR FÜRCHTEST DU DICH DENN?
TJA …
DER GRUND DAFÜR IST …
NAKA
ABTEILUNG FÜR K

EIN JUDO-TURNIER?
SCHLOPP
SCHLOPP
JA, NÄCHSTEN MONAT.
UND DU NIMMST AUCH DARAN TEIL?
MAL SEHEN ... JA, DIE IST NOCH GUT.
JA, ICH MACH JEDES JAHR MIT.
SPLOSCH
DAS IST MIR NEU.
LETZTES JAHR KONNTE ICH WEGEN MEINER VERLETZUNG NACH DEM MINIMARKT-ÜBERFALL NICHT MITMACHEN.
MIAOU
STIMMT, DAS WAR JA GENAU UM DIE ZEIT.

DEN RÄUBER DAMALS HAST DU JA LOCKER ÜBER DIE SCHULTER GEWORFEN!
DA WIRD DAS TURNIER SICHER EIN KINDERSPIEL FÜR DICH.
FWUU
SCH
DER WAR ABER AUCH KEIN JUDOKA.
IM TURNIER LÄUFT DAS NICHT SO EINFACH.
ES GIBT IMMER JEMAND BESSEREN, WAS?
SSLURRP
OH JA.
Tsuyu-Sauce
TJA, ABER WENN DU SCHON TEILNIMMST, DANN GIB DEIN BESTES. ICH KOMM DICH AUCH ANFEUERN.
...
ECHT?

WENN SEIJI WIRKLICH ZUSCHAUEN KOMMT …
WENN DU DAS TURNIER GEWINNST, KRIEGST DU EINE BELOHNUNG VON MIR.
ZING
WAS HÄTTEST DU DENN GERN? DU DARFST DIR WÜNSCHEN, WAS DU WILLST.
SUSHI? EINE TORTE? ODER VIELLEICHT MICH?
SEIJI ZUR BELOHNUNG!
ICH MUSS UM JEDEN PREIS GEWINNEN!
ALLES ZUSAM-MEN, BITTE.
BESTIMMT
IM ERNST?

SEIJI ZUR BELOH-NUNG!
ZWOMM
BIBBER BIBBER
ZWOMM
SEIJI ZUR BELOH-NUNG!
HMMMM
DAS WIRD SCHMERZ-HAFT, SO VIEL STEHT FEST.
TJA, ...
GRAPP
... ABER ER HAT EXTRA SEINE FREIZEIT GEOPFERT ...
GRAPP
... UND FLEISSIG TRAINIERT.
DAFÜR HAT ER SICH WIRKLICH EINE BELOHNUNG VERDIENT.

* Ausdruck beim Judo, „Punkt"

** Ausdruck beim Judo, „Ende (der Runde)"

GRAPP
WOOOO
SHIN, DER TEUFELS-KERL, HAT'S GESCHAFFT!
ER HAT ECHT GEWONNEN!
OAH
WUHU
WUHU
SPITZEN-LEISTUNG, SHIN!
DANKE.
KLATSCH KLATSCH
REI!
WAAAH
WAAAH
KLATSCH KLATSCH
ICH FRAG MICH, OB SEIJI DAS GESEHEN HAT.
BLICK
JUCHHU
JUCHHU
JA, HAT ER.

KLATSCH
KLATSCH
HIHI
KLATSCH
KLATSCH
In Kürze beginnt die Medaillen-vergabe. Wir bitten Sie daher …
RICHTIG KRASS, DASS DU TATSÄCH-LICH GEWON-NEN HAST.
ICH WOLLTE DICH EBEN BEEINDRU-CKEN.
ACH, HÖR AUF, DU ZUCKERSÜSSER KERL!
UND WIE SIEHT'S JETZT AUS? ICH NEHME AN, IHR GEHT NOCH FEIERN …
JA.

ALLES KLAR. ICH GEH DANN SCHON MAL NACH HAUSE.
OKAY, ICH WERD VERSUCHEN, SO SCHNELL WIE MÖGLICH NACH-ZUKOMMEN.
DEINE BELOH-NUNG ...
... WIRD FÜR DICH BEREIT-STEHEN. ♡
MUUUAH
ICH BITTE HERZLICHST DARUM.
GEHEN WIR, SHIN!
ICH MÖCHTE SO GERN MIT IHM MIT-GEHEN.
PARTY! PARTY!
ZERR
SCHLEIF

TJA, ABER DAS FESTMAHL KANN ICH MIR SPAREN.
ER WIRD JA SICHER AUF DER FEIER SCHON WAS ESSEN.
DIE TORTE HAB ICH ABER GEKAUFT.
BLICK
DANN BLEIBT NUR NOCH EINE SACHE ÜBRIG.
XL
EXTRAFEUCHT
ULTRA LARGE
Prärie-hengst
GNNN
HA HA HA
ALLEIN BEI DER VORSTELLUNG KNEIFT'S MIR SCHON DIE ARSCHBACKEN ZUSAMMEN!

ABER …
„ICH WOLLTE …
… DICH EBEN BEEIN-DRUCKEN.“
… WER KÖNNTE IHM NOCH IRGEND-ETWAS VER-WEHREN, …
… WENN ER SO WAS SÜSSES SAGT?
KLACK
HIHI
ICH HAB MIR SOGAR EINEN ENERGYDRINK BESORGT!
ABER KEINE AHNUNG, OB DER WIRKLICH HILFT.
SCHNÜFF
SCHNÜFF
URKS …
ICH WERD MICH IHM STELLEN …
GLUCK
…
GLUCK
MIT STOLZ GERECKTEM ARSCH!

DAS HAST DU ECHT KLASSE HINGEKRIEGT, SHIN!
WIR SIND SO STOLZ AUF DICH!
VIELEN DANK.
DU HAST DICH DIESES MAL ABER AUCH ECHT INS ZEUG GELEGT.
GLU GLU GLUCK
JA, HAHA ...
ICH HAB FEST DRAN GEGLAUBT, DASS DU'S EINES TAGES SCHAFFEN WÜRDEST!
NUR DANK DER BELOHNUNG, ABER DAS KANN ICH NICHT SAGEN.
HNNNG
AUF DAS GROSSE ASS UNSERER ABTEILUNG !!!
JAHAAAA
HAHAHAHAHA
WUHUU
TPP
FWT
00:03
21. AUGUST
OH, SCHON NACH MITTER-NACHT ...

ALLES OKAY BEI DIR, SHIN?
HERR MAKI.
LÄRM
DU MUSST DOCH FIX UND FERTIG SEIN. GEH RUHIG NACH HAUSE.
ABER ...
JOHL
GRÖL
ICH KÜMMER MICH SCHON UM DIE JUNGS HIER.
GEH DU NACH HAUSE UND RUH DICH AUS.
VORWÄRTS! VORWÄRTS!
HNF
HNF
GRÖL
JOHL
AUSSERDEM HAT SEIJI DAVON GESPROCHEN, DASS ER DIR EINE GLÜCKWUNSCHTORTE KAUFEN WILL.
ER WIRD SICHER NOCH AUF DICH WARTEN.
GEH, BEVOR ER ALLES ALLEIN AUFISST.
ICH HAB DIR AUCH SCHON EIN TAXI GERUFEN.
DANKE. ICH GEH DANN MAL.

WRROMM
QUIK
„DEINE BELOHNUNG WIRD FÜR DICH BEREIT-STEHEN."
ABER SO, WIE ICH SEIJI KENNE, ...
... KOMMT ER BESTIMMT WIE IMMER VÖLLIG UNSEXY UND UNROMANTISCH ANGETANZT.
DEINE BELOHNUNG ... ... BIN ICH!
TÄTÄRÄÄH
SHINS VORSTELLUNG
KLACK KLACK
HIHI.
ES IST STOCK-FINSTER HIER.

ER SCHLÄFT SICHER SCHON.
TOCK TOCK
HAT ER ETWA ...
FLIMM
... WIRKLICH AUF MICH GEWARTET?
SEIJI, ICH BIN WIEDER ...
... DA ...
FWT
HNG!
HFF

HAH
HUÄH?
!
?!
DRAZING

AH …
AH …
FWAMM
WIE JETZT?!
WAPP
S… S… SEIJI …
BDUMM
BDUMM
BDUMM
BDUMM
… M… MACHT ES SICH SELBST!
HAH
DAS …
DAS IST ZU VIEL FÜR MICH.
HAH
HAH
KLATTER
KLATTER
WIE ALT BIST DU, VIER-ZEHN?!

SCHRECK
DU HAST ALLES GESEHEN, ODER?
H… H… HAB …
… ICH NICHT …
WUPP
VIELEN HERZLICHEN DANK.
UND OB DU ALLES GESEHEN HAST, DU SPANNER!
MENSCH, …
JETZT WEISS ICH, WIE DU DICH GEFÜHLT HAST.
PLOFF
… DAS IST GANZ SCHÖN PEINLICH.
SORRY, DASS ICH PLÖTZLICH HEREINGEPLATZT BIN.
ACH WAS, HALB SO WILD.
ÄHM, ICH HAB NICHT ERWARTET, DASS … DU ES DIR SELBST MACHST.
DU HAST NIE SO GEWIRKT.
NA, HÖR MAL, SELBST ICH LEG GELEGENTLICH MAL SELBER HAND AN.

HINTEN AUCH?
ZWOPP
DU BIST ABER NEUGIERIG.
ALSO HINTEN ...
... MACH ICH'S NORMALERWEISE NICHT ...
ABER DA ICH DIR DEINE BELOHNUNG GEBEN WOLLTE, SOBALD DU NACH HAUSE KOMMST, ...
... DACHTE ICH MIR, ICH BEREITE MICH VIELLEICHT BESSER VOR UND ...
ZOSCH
WIESO ERZÄHL ICH DIR DAS ÜBERHAUPT?!
SMK
MMG!

DARF ICH MEINE BELOHNUNG JETZT ENDLICH HABEN?
GRINS
JA, DARFST DU.

DU BIST JA ECHT GUT VORBEREITET.
HAH!
AH!
ICH KOMM GANZ LOCKER REIN.
AH!
AAAH …
MTZ
MTZ
HAH
HAH
UUUH!
HNG!
MH!
ZUCK
HAH
HAH
ICH … WUSSTE ERST NICHT WIRKLICH, …
… WIE ICH'S ANGEHEN SOLL, …
… ALSO HAB ICH DARAN ZURÜCKGEDACHT, WIE SICH DEINE HAND ANGEFÜHLT HAT, UND MEIN BESTES VERSUCHT.

ABER ICH BIN NICHT RICHTIG RANGE-KOMMEN, ...
... WEIL MEIN WABBEL-BAUCH IM WEG WAR.
WABBEL
WASCHBÄRBAUCH
DU HAST DICH ERINNERT, ...
... WIE SICH MEINE HAND ANFÜHLT?
ZOSCH
NACH IMMERHIN EINEM JAHR ...
MHM.
HRNNNG! NEIN, ICH WEISS ES NICHT MEHR!

DANN ZEIG ICH ES DIR GLEICH NOCH MAL.
UWAH!
AH!
ZUCK
HAH
ZUCK
SHIN!
AH!
AH!
ZUCK
HNNNNNG!
HAH
HAH
ZUCK
ICH WERD DEINER ERINNERUNG …
… HIER HINTEN AUF DIE SPRÜNGE HELFEN.
AH!
HIAH!
HAH!
HFF!
AH!
AAH!
AH!
GENAU DA! AAAH!

HNNNG!
ZUCK
HFF
MH …
HNG!
HFF
ZUCK
HAH!
HAH!
ZUCK
HAAH!
ZUCK
HAH!
HAH!
JETZT HAB ICH ABGE-SPRITZT.
SIEH MICH AN.
HAH
HAH
AH!
MMH!

SHINS KÜSSE, WENN ER SO RICHTIG IN FAHRT GEKOMMEN IST, …
HFF!
SMK
GNRZ
TSCHLK
HNG!
MH!
… SIND LANG, DRÄNGEND …
NG!
SLP
TSCHLK
HFF!
… UND MACHEN MICH GANZ HIGH.
!
AH!
TSCHUPP

TSSLUPP
HAH!
GNNN
NUCK
AH!
HN!
NUCK
HAH
HAH
NUCK
NUCK
NUCK
NUCK
AH!
ICH ... KOM-ME!
NUCK
NUCK
AAAAAAH!
TUT MIR ... LEID, SEIJI, ...
... ABER ... ICH KANN MICH NICHT MEHR ... ZURÜCK-HALTEN.

HAH!
UAH!
K... KEIN PROBLEM.
ZUCK
ZUCK
AH!
AH!
HAAH!
PATSCH
PATSCH
AH!
HAH!
DA MERKT MAN, WIE WICHTIG GUTE VORBEREI-TUNG IST.
HAH!
AH!
GNRZ
ES GEHT VIEL LEICHTER ALS SONST ...
... UND FÜHLT SICH AUCH UMSO GEILER AN.
FWAMP
GNRZ
FWAMP
NOCH DAZU BIN ICH HEUTE BESONDERS FIT IM SCHRITT!
SPROING
HEUTE MACH ICH NICHT SCHLAPP!
UND DAS, OBWOHL ICH SCHON ZWEIMAL GEKOMMEN BIN.
DIESER ENERGYDRINK HAT'S ECHT IN SICH.
AH!
HAH
HA!
AH!
HAH

* EIN KLAMMERGRIFF BEIM JUDO

AAAAAH
AH! AH! WIE FIIIES!
MOM...
AH!
PATSCH
HAH
HAH
SLUTSCH
SLUTSCH
PATSCH
UAAH! AHAAH!
AH!
ZUCK
ZUCK
FWAMP
FWAMP
HNG!
HM!
HN!
HAH!
HAH!
GRP
ICH GEB AUF, SHIN! ICH GEB AUF!
AMP
WIR LEGEN DOCH GRAD ERST LOS.
HRNNNG
ODER NICHT?

HA!
AH!
HAH
TSCHUPP
ZUCK
OH JA, ...
... GANZ RECHT.
HAAH
HAAH
FWAMP
FWAMP
AH!
HALT, NEIN!
DOCH NICHT!
GNRZ
GNRZ
UND DIE MORAL VON DER GESCHICHT: SHIN MIT EINEM JUDO-GRIFF VERFÜHREN, TUT MAN LIEBER NICHT.
...
TSCHIBB
TSCHIBB

KAPITEL
14

my pretty
policeman

SEPTEMBER
Septen
RIPP
ZUPP
...
DIESEN MONAT ...
... STEHT EIN IMMENS WICHTIGES EVENT BEVOR.

UND ZWAR ...
KRZ
KRZ
... SEIJIS GEBURTS-TAG!!!
FUAAAH!
KRTZ
KRTZ

LETZTES JAHR KONNTE ICH IHM NICHT GRATULIEREN, WEIL ICH GAR NICHT WUSSTE, WANN ER GEBURTSTAG HAT.
UND WIE SEIJI EBEN IST, …
… HAT ER KEIN WORT GESAGT, BIS ICH IHN GEFRAGT HABE.
WAS? MEIN GEBURTSTAG?
AM 15. SEPTEMBER.
DER WAR JA SCHON …

DIESES JAHR WILL ICH SEINEN GEBURTSTAG AUCH WIRKLICH MIT IHM FEIERN.
SEIJI.
ICH HAB UNS KAFFEE GEMACHT.
WRSCH
KRSCH
DANKE! WARTE KURZ, ICH RÄUM DIE PROSPEKTE WEG.
RSCHL
RSCHL
BLICK
...
HEISS!

SAG MAL, …
HM?
… DU HAST DOCH BALD GEBURTSTAG, ODER?
JA, JETZT, WO DU'S ERWÄHNST …
KRSCH
GIBT'S IRGENDWAS, DAS DU DIR WÜNSCHST?
RIPP
RIPP
KRSCH
IRGENDWAS, WAS ICH MIR WÜNSCHE?
HMMM, TJA, GUTE FRAGE …
GANZ EGAL, WAS.
OH! WIR HABEN FAST KEINEN REIS MEHR.
SO HAB ICH DAS NICHT GEMEINT.

* CA. 16.000 EURO

Z... Z... ZWEI M... MIMIMI... MIMI... MILLI... ...ONEN YEN ...
ZITTER
ZITTER
ZITTER
ICH HAB IHN NOCH NIE SO STAMMELN GEHÖRT.
WENN ICH MEINEN SOMMER- UND WINTERBONUS ZUSAMMEN-LEGE UND DANN NOCH ...
MURMEL
MURMEL
MURMEL
MURMEL
HÖR AUF, HÖR AUF! DAS WAR EIN SCHERZ, UM HIMMELS WILLEN!
ICH HATTE GLATT VERGESSEN, DASS SHIN DIESE ART VON SCHERZEN NICHT VER-STEHT.
UND BESONDERS, WENN'S DABEI UM MICH GEHT.
IST WIE DIE SACHE MIT DER EDELMELONE, ALS ICH ERKÄLTET WAR.

WENN ICH WAS VON MEINEM ERSPARTEN DAZUNEHME ...
NIMM DAS JA NICHT ERNST! ICH HAB DIR SCHLIESSLICH NICHT MEHR ALS EIN KONDOM GESCHENKT!
HEY! HÖRST DU?!
KAUF MIR AUF GAR KEINEN FALL SO EINEN RING, KAPIERT?!
BEDRÖPPELT
OKAY ...
ES MUSS NICHTS BESONDERES SEIN.
GENAU, WIE DU DICH ÜBER EIN KLEINES KONDOM MIT EINER GLÜCKWUNSCHNACHRICHT GEFREUT HAST, ...
... WÜRDE ICH MICH AUCH ÜBER ALLES FREUEN, SOLANGE ES VON DIR KOMMT, SELBST WENN ES NUR EIN PAAR EICHELN AUS DEM PARK WÄREN.
SEIJI ...

OKAY, IST GUT.
SWP
GUT, GUT.
HM?
NICK
NICK
WAS IST JETZT? WO WILLST DU DENN HIN?
ICH GEH KURZ EINE RUNDE LAUFEN.
OH, OKAY. PASS AUF DICH AUF.
RATTER
DABEI KÖNNTE ER AN SEINEM FREIEN TAG DOCH EINFACH MAL FAULENZEN.
HASP
JETZT SAG NICHT, ER GEHT EICHELN SAMMELN!

HAH
HAH
HAH
HAH
HAH
HAH
KULLER
TOCK
HFF
HFF

EINE EICHEL ...
GANZ SCHÖN GROSS.
SEIJI MEINTE, ER FREUT SICH ÜBER ALLES ...
ICH HAB DAS IN DEM MOMENT AUCH AKZEPTIERT, ABER ...
ICH MÖCHTE IHM ...
... DOCH WAS RICHTIGES SCHENKEN.
AUSSERDEM MÖCHTE ICH AUCH ...

...
TUUT TUUT
TUUT TUUT
HALLO! JA, ENTSCHULDIGT, DASS ICH EUCH SO PLÖTZLICH ÜBERFALLE, ...
... ABER ICH BRÄUCHTE EINMAL DRINGEND EUREN RAT.

BLICK
BLICK
OH! SHIN! HIER DRÜÜÜBEN!
LANGE NICHT GESEHEN!
HALLO.

ENTSCHULDIGT BITTE DIE VERSPÄTUNG.
ABER NICHT DOCH, KEIN PROBLEM.
DU KOMMST DOCH DIREKT VOM NACHTDIENST, ODER? MACHT DIR DAS AUCH NICHTS AUS?
NEIN, ALLES BESTENS.
NA GUT, DANN LASS UNS GEHEN.
DANKE, DASS IHR EUCH DAZU BEREIT ERKLÄRT HABT.
ACH, ÜBRIGENS GLÜCKWUNSCH ZUM TOLLEN TURNIER-ERGEBNIS.
JA, STIMMT! DU HAST JA DEN SIEG GEHOLT, NICHT WAHR? ECHT IRRE!
ACH WAS, REINER ZUFALL.

WOOOOW! WIE DAS HIER FUNKELT!
IN SO EINEM LADEN WAR ICH JA NOCH NIE!
FREU
FREU
HIBBEL
HIBBEL
ICH AUCH NICHT.
HAHAHA ...
DREI MÄNNER GEMEINSAM AM WOCHEN-ENDE IN EINEM JUWELIER-LADEN ...
WIR FALLEN AUF WIE BUNTE HUNDE.
HAHA ...

ES ÜBER-RASCHT MICH ALLERDINGS SCHON EIN WENIG, …
… DASS SICH SEIJI EINEN RING WÜNSCHT.
OH.
NA JA, …
… EIGENTLICH HAT ER NUR SO ZUM SPASS AUF EIN PROS-PEKT GETIPPT, DAS ZUFÄLLIG VOR IHM LAG.
ICH GLAUB NICHT, DASS IHM WIRKLICH WAS DARAN GELEGEN IST.
AM ENDE MEINTE ER SOGAR, ER WÄRE AUCH MIT EICHELN ZUFRIEDEN.
WELCHER DAVON WÜRDE DENN NAOTO STEHEN?
OOOH, DER IST JA HÜBSCH!
HI HI
UND DER DA IST RICHTIG SCHICK!
EICHELN? IST ER EIN EICHHÖRN-CHEN, ODER WAS?
PIEPS

ABER WENN ICH IHM SCHON WAS SCHENKE, DANN SOLL ES AUCH WAS RICHTIGES SEIN.
AM LIEBSTEN EINEN SICHTBAREN BEWEIS DAFÜR, DASS ICH MIT IHM VERBUNDEN BIN.
DAS ...
... KLINGT SICHER EGOISTISCH, WO ES DOCH SEIN GEBURTSTAGSGESCHENK SEIN SOLL.

WIR WÄR'S MIT DEM HIER, AOTO?
ZU TEUER.
WIRKLICH?
IST DOCH OKAY, WENN ER SICH OHNEHIN ÜBER ALLES FREUT, WAS DU IHM SCHENKST.
ÜBRIGENS, WEISST DU, WELCHE RINGGRÖSSE SEIJI HAT?
honey jewelry
AH.

FWUUUMM
ES TUT MIR FURCHTBAR LEID, …
… DASS IHR EUCH EXTRA DIE ZEIT FÜR MICH GENOMMEN HABT.
SO WENIG, WIE ICH MICH MIT RINGEN AUSKENNE, …
… HAB ICH DARAN NATÜRLICH ÜBERHAUPT NICHT GEDACHT.
ACH … HALB SO WILD.
GENAU. IMMERHIN HABEN WIR SCHON MAL EINEN PASSENDEN KANDIDATEN GEFUNDEN.
UND WAS DIE RINGGRÖSSE BETRIFFT, …
… WIRST DU DIE WOHL RAUSFINDEN MÜSSEN, OHNE DASS ER WAS MERKT. ZUMINDEST, WENN DU IHN ÜBERRASCHEN WILLST.
IHN ÜBERRASCHEN …

FALLS ER SCHON RINGE HAT, KÖNNTEST DU DIR EINEN AUSBORGEN. DAS WÄR DIE EINFACHSTE LÖSUNG.
VERSTEHE ...
ANSONSTEN KÖNNTEST DU SEINEN FINGER VIELLEICHT MIT EINEM FADEN ODER SO ABMESSEN, WÄHREND ER SCHLÄFT.
ODER DU STECKST IHM EINFACH GANZ NEBENBEI MAL EINE MUTTER AN!
ICH KAUF EINEN FADEN AUF DEM HEIMWEG.
'NE MUTTER WIRD WOHL KAUM GROSS GENUG SEIN. WIESO HAST DU ÜBERHAUPT EINE DABEI?
EINE VON DER ARBEIT IST IN MEINER TASCHE GELANDET.
HE HE HE!
SEIJI IST ZIEMLICH SCHARFSINNIG.
RATTER
BIN WIEDER DA!
ICH MUSS VORSICHTIG SEIN.
HALLO!
DU BIST ABER SPÄT DRAN! HAST DU ÜBERSTUNDEN GEMACHT?
J... JA, GENAU!

OKAY. LEG DICH RUHIG BIS ZUM ABEND-ESSEN HIN.
BDUMM
BDUMM
DANKE, MACH ICH.
NUR NICHTS ANMERKEN LASSEN.
BDUMM
BDUMM
HEUTE ABEND ...
... BEGINNT DIE MISSION!
GRP
ZING
DIE MISSION: SEIJIS RINGGRÖSSE ZU ERMITTELN, OHNE DASS ER ETWAS DAVON MITBEKOMMT!
SWAPP
HEUTE GIBT'S ÜBRIGENS CURRY.
ZWUSCH
SU...
SUPER.

VERSUCH NR. 1: „OPERATION HANDLESEN"
ZEIG MIR MAL DEINE HÄNDE.
WILLST DU ETWA MEINE HANDLINIEN LESEN?
HIER.
KNET
KNET
KNET
NA, WIE SIEHT'S AUS ...
... MIT GELD UND GESUNDHEIT UND SO?
...
SO EIN MIST.
HÄTTE MIR GLEICH DENKEN KÖNNEN, DASS ABTASTEN ALLEIN NICHTS BRINGT.
HÄ ?!

* MIT DEM ZEIGEFINGER UND DEM DAUMEN WIRD EIN LOCH GEFORMT. SCHAUT DEIN GEGENÜBER IN DEN KREIS, HAST DU GEWONNEN.

HAH!
KNRZ
HAH!
AH!
AH!
KNRZ
GNRZ
MH
ES LÄUFT EINFACH NICHT, WIE ES SOLL.
AH!
HAH!
HAH!
HFF!
AH!
MIR BLEIBEN NUR NOCH ZEHN TAGE BIS ZU SEIJIS GEBURTSTAG ...
HAH!
... UND ICH HAB SEINE RINGGRÖSSE IMMER NOCH NICHT RAUS-GEKRIEGT.
KNRZ
AH!
UND JETZT MUSS ICH AN SEINEM GEBURTSTAG AUCH NOCH ARBEITEN.
TUT MIR LEID, ICH BRAUCH AN DEM TAG WIRKLICH UNBEDINGT FREI!
OKAY.

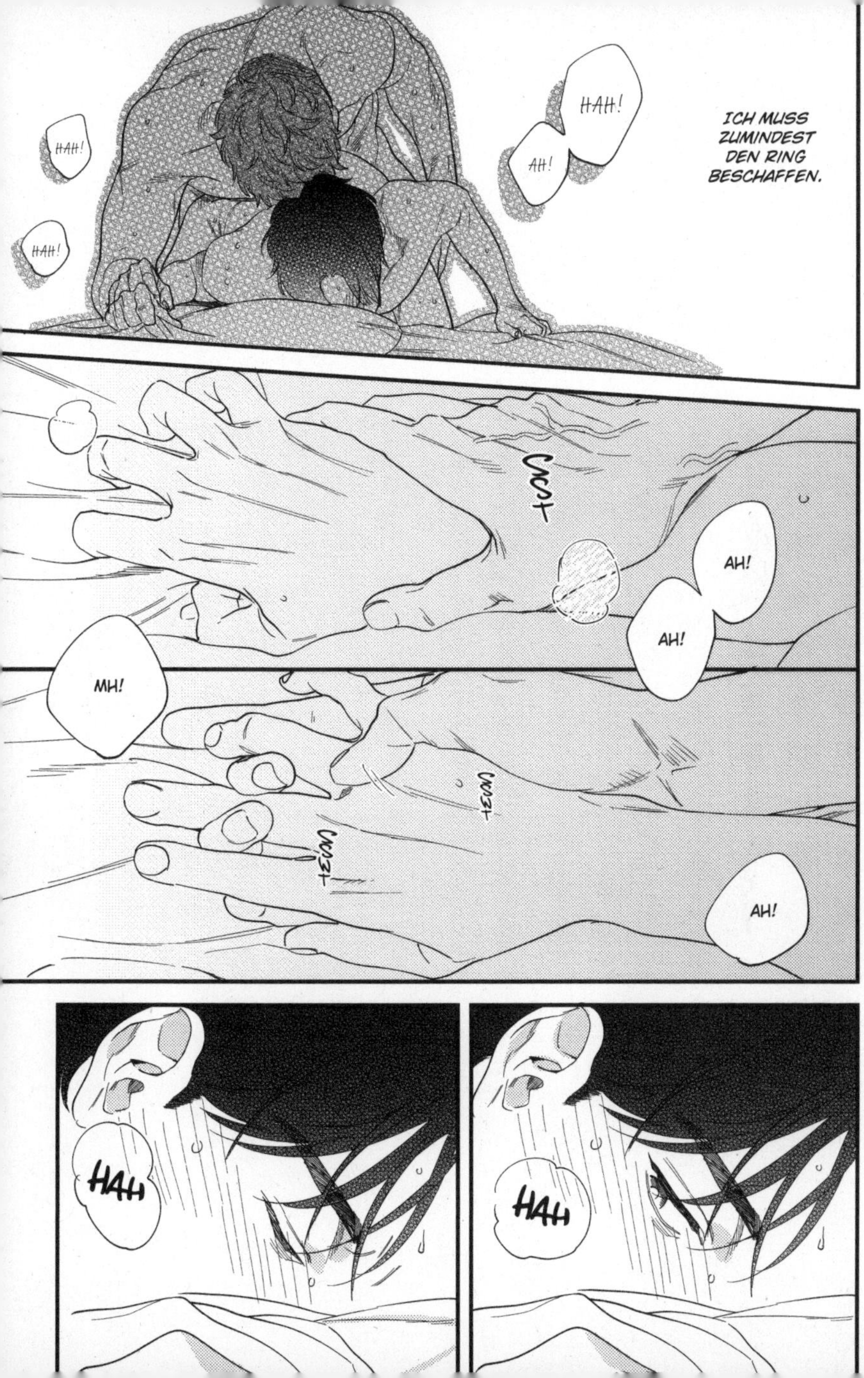
ICH MUSS ZUMINDEST DEN RING BESCHAFFEN.
HAH!
AH!
HAH!
HAH!
AH!
AH!
MH!
AH!
HAH
HAH

WRSUI
...
ZZZ
ZZZ
SACHT
SACHT
SIEHT AUS, ALS WÄRE ER EINGESCHLAFEN. JETZT ODER NIE!

ZITTER
HNG …
GNH …
ZITTER
ZITTER
NUR NOCH EIN STÜCK …
GESCHAFFT!
PUH
JETZT MUSS ICH DIE SCHLAUFE NUR NOCH SACHTE RUNTERZIEHEN …
ZUCK
ARKS

UND ICH HAB MICH SCHON GEWUNDERT, ...
... WARUM DU SEIT KURZEM STÄNDIG MEINE HÄNDE UND FINGER BEFUMMELST.
HATTEST DU TATSÄCHLICH ALLEN ERNSTES VOR, MIR DEN RING AUS DEM PROSPEKT ZU KAUFEN?
NEIN, ÄHM ... NICHT GENAU DEN RING, ...
... ABER ICH WUSSTE DEINE RINGGRÖSSE NICHT ...
ALSO HAST DU VERSUCHT, HEIMLICH MEINEN FINGER ABZUMESSEN?
JA.
ES SOLLTE EINE ÜBERRASCHUNG SEIN.
UND ETWAS, DAS UNS SICHTBAR MITEINANDER VERBINDET.

DAS MIT DER ÜBER-RASCHUNG IST JA SCHÖN UND GUT, …
… ABER DAS DAUERT DOCH EINIGE ZEIT, BIS SO EIN RING FERTIG IST UND ABGEHOLT WERDEN KANN, ODER NICHT?
SCHOCK
DEN HÄTTEST DU NICHT RECHTZEITIG BEKOMMEN.
WAS ?!
DAS DARF NICHT WAHR SEIN.
DANN HAB ICH MIR …
… ALSO GANZ UMSONST …
… SO EINEN STRESS GEMACHT!?
SHIN.
GIB MIR MAL DEINE HAND.
AUCH WENN MAN ES NICHT SEHEN KANN, …
… SIND WIR BEIDE MITEINANDER VERBUNDEN.

UND ZWAR MIT DEM ROTEN FADEN …
… DES SCHICK-SALS.

GRP
OKAY, DAS WAR JETZT VIEL-LEICHT EIN WENIG SCHNULZIG, ABER ...
!

LASS ES DOCH, WENN'S DIR GLEICH SO PEINLICH IST.

JETZT HAB ICH ALLERDINGS KEIN GESCHENK FÜR DICH. DAS GEHT DOCH NICHT.
KEINE SORGE, ICH HAB SCHON WAS BE-KOMMEN.
MURMEL
WAS? WANN HAB ICH DIR WAS GEGEBEN?
MURMEL
HM? ACH, SHIN!
ER HAT SCHON WIEDER WAS IN SEINEN TASCHEN GELASSEN.
DABEI SAG ICH IHM JEDES MAL, ER SOLL NACHSEHEN, …
… BEVOR …
KRAM
WÜHL

EICHELN ...
HAHA!

KAPITEL
15

LIVE WEIHNACHTS-LICHTSPIELE
Bald ist Weihnachten!
Sehen Sie sich die Lichtspiele hinter mir an.
SCHON BALD STEHT WEIHNACHTEN VOR DER TÜR.
EGAL, OB MIT DER FAMILIE ODER ZU ZWEIT ...
SIE WOLLTEN CURRY-UDON, ODER, HERR MAKI?
GLU GLUCK
MHM!
UND DU HAST DIR AM 25. FREI GENOMMEN, WIE ICH HÖRE?
DANKE!
KNRZ
JA, TUT MIR LEID. ICH WEISS, DAS IST EINE STRESSIGE ZEIT.
ACH WAS, SCHON GUT!
HAST DU ETWA PLÄNE FÜR EIN WEIHNACHTS-DATE?
HIHI
EIN ...
... D... DATE ?!

ERSTARR
OH!
J...
JA, ICH HAB PLÄNE FÜR EIN DATE.
ABER ICH SAG NICHT, MIT WEM.
FLIMM
FLIMM
ICH NEHM MAL STARK AN, MIT EINEM RECHT UNBESCHWERTEN, ETWAS SCHWER FASSBAREN, ABER AUCH SEHR SÜSSEN, ZEHN JAHRE ÄLTEREN KERL.
VER-STEHE ...
ICH DACHTE, EIN ETWAS ANDERES DATE ALS SONST ... MIT DINNER UND SO ... WÄRE AUCH MAL GANZ SCHÖN.
HIHI

KLINGT TOLL! WO GEHT IHR DENN HIN?
KENNEN SIE DAS NEUE FRANZÖSISCHE RESTAURANT AN DER HAUPT-STRASSE?
ACH! DORTHIN?
JA, DAS IST DOCH EIN ECHT BELIEB-TER LADEN. NICHT ÜBEL!
KLING KLING ♫
DIRING KLINGE LING
♫♪
RAUN
LÄRM

TSCHÜSS, LIEBER WEIHNACHTSMANN!
TSCHÜHÜSS!
HO, HO, HO! FRÖHLICHE WEINACHTEN!
NANU? SEIJI?
JA, DU BIST ES WIRKLICH!
OH, MAKI!
WARUM SPIELST DU DENN HIER DEN WEIHNACHTSMANN?
NA, WEIL DAS HIER EINE VERANSTALTUNG VOM INDUSTRIE- UND HANDELSVERBAND IST, DESHALB.

X'mas
HAST DU HEUTE NICHT NOCH WAS MIT SHIN VOR?
JA, HAB ICH, NACH DER ARBEIT HIER.
GRINS
HM HMMM
GRINS
WAS GRINST DU DENN SO DÄMLICH?
ACH, ICH DACHTE BLOSS, SHIN, DIESER FUCHS, …
… HAT DOCH EXTRA FÜR EUCH BEIDE EINEN TISCH IN 'NEM BELIEBTEN FRANZÖSI-SCHEN LOKAL ERGATTERT, ODER NICHT?
TOFF TOFF
ABER WARST DU DENN SCHON MAL IN SO 'NEM EDEL-SCHUPPEN? KOMMST DU DORT ÜBER-HAUPT KLAR?
KLAR KOMM ICH KLAR, DU KNALLKOPF! EIN GANZ KLARER KLACKS, DAS MIT'M FRANZÖ-SISCH, KLAR?
ICH BIN MIR NICHT SICHER, WIE ICH DAS VERSTEHEN SOLL.
WILLST DU MICH PROVO-ZIEREN?!

ACH, ALLES, WAS ICH SAGEN WOLLTE, IST, …
… DASS SICH SHIN SCHON SEIT LÄNGEREM SEHR DRAUF FREUT.
ALSO MACH IHM KEINE SCHANDE, OKAY?
KÜMMER DICH UM DEINEN KRAM!
POLICE
MANN …

ALS OB ICH MICH ...
... NICHT AUCH DRAUF FREUEN WÜRDE ...
KRZ
KRZ
...

♪
♫
♪
ZU WEIHNACHTEN IST ES ECHT GANZ SCHÖN VOLL HIER.
ICH FRAG MICH, WANN DER BESTE ZEITPUNKT WÄRE, UM IHM SEIN GESCHENK ZU GEBEN.
OB ER DEN KOPF DRÜBER SCHÜTTELN WIRD, DASS ICH IHM DOCH EINEN RING BESORGT HABE?
SHIN!

SORRY, MUSSTEST DU WARTEN?
NEIN, ICH BIN AUCH EBEN ERST GE-KOMMEN.
DANN IST JA GUT. WOLLEN WIR LOS?
ACH JA! HAST DU CHIKO WAS ZU FRESSEN GEGEBEN?
JA, HAB ICH.

DIRING
DIRING
GUTEN ABEND.
WIR HABEN AUF NAKAMOTO RESERVIERT.
FWAPP
ABER NATÜRLICH. WENN ICH SIE BITTEN DÜRFTE, EINEN AUGENBLICK ZU WARTEN.

VIELEN DANK FÜR IHRE GEDULD.
HUCH
ICH FÜHRE SIE NUN ZU IHREM TISCH.
...
WAS IST?

HÄ?
DU STARRST MICH DIE GANZE ZEIT SCHON SO AN. HAB ICH WAS IM GESICHT?
GESCHNIEGELT
NEIN, ÄHM, WIE SOLL ICH SAGEN? EHER DAS GENAUE GEGENTEIL …
GLATT
DU BIST AUF EINMAL … SO ADRETT.
ICH BIN RICHTIG GEBLENDET
SEH ICH SONST ETWA SO FURCHTBAR AUS?
FLIMM
NA JA, WEISST DU …
SFT SFT

WIR HATTEN DOCH SCHON LANGE KEIN RICH-TIGES DATE MEHR.
DA HAB ICH MICH EBEN MAL FEIN GEMACHT.
ZU HAUSE WÄRE ICH DOCH SO VÖLLIG OBERDECKT!
DU MEINST „OVER-DRESSED", ODER?
JA, SAG ICH DOCH! „OBER-TEST"!
NEIN, KNAPP DANEBEN.

WAR DAS LECKER! BESONDERS DER FISCH.
JA.
UND WEIHNACHTS-GESCHENKE FÜR CHIKO HABEN WIR JETZT AUCH.
ICH HOFFE, SIE GEFALLEN IHR.
SO EIN DATE IST AB UND ZU SCHON GANZ SCHÖN, MUSS ICH SAGEN.
MHM.

VORHIN IM RESTAURANT BIN ICH NICHT DAZU GEKOMMEN, ...
... IHM SEIN GESCHENK ZU GEBEN, ...
GRP
... ABER JETZT ...
SEIJI.

ES IST SO, ICH HATTE JA KEIN RICHTIGES GESCHENK FÜR DICH ZUM GEBURTSTAG, …
… ALSO DACHTE ICH MIR, DASS ICH DIR ZUMINDEST ZU WEIHNACHTEN ETWAS BESORGE …
ÄHM, …
… DARUM …
HM? WAS DENN?
…

ICH WÜRDE MICH FREUEN, ...
... WENN ... DU IHN ANNIMMST.
WAS? IST DAS ETWA ...

HAACH ...
MANN.
BDUMM
BDUMM
MH.
SWT
!
WPP
MH.

STECK IHN MIR AN.

OOOH!
DER PASST JA WIE ANGEGOSSEN!
ER FUNKELT!
UND SO EIN SCHÖNES SCHLICHTES DESIGN!
BIN ICH FROH, DASS DIE GRÖSSE PASST!
PUH
GUCK MAL, SHIN!

STEHT ER MIR?
HAH
JA …
ACH …

SEIN STRAHLEN BLENDET MICH RICHTIG.
NA, WAS DENN? WEINST DU ETWA?
NEIN, TU ICH NICHT.
NICHT DIE WEIHNACHTS-BELEUCHTUNG UND AUCH NICHT DAS FUNKELN DES RINGS ...
... STRAHLEN SO HELL WIE DER MENSCH, DEN ICH LIEBE.
ACH JA, UND WO IST DEINER?
HM?

ICH WEISS DOCH, DASS DAS EIN PARTNERRING SEIN SOLL.
JA.
ICH BIN AUFGE-FLOGEN!

EINE SCHÖNE ERGÄNZUNG ZU UNSEREM NARBEN-PARTNER-LOOK.
JA.

DANN WOLLEN WIR MAL IM EXPRESSTEMPO NACH HAUSE UND UNS AUF-WÄRMEN. ♡
HNNNG.
AUFWÄRMEN!
HO?
HÄ?
DER SHIN-KANSEN RICH-TUNG KAUF-LADEN TAJIMA FÄHRT AB!
UWAH! WAS MACHST DU DENN?
HÄ?!

TAJIMA
HAH!
MH!
HAH!
HAH!
AH!
AH!
MH.
HM.
SMK
MH!
SLP

HAH
HAAH
MH!
MTZ
MH! HFF!
HAH
SMK
MTZ
MH! MMH!
SCHAUDER
!
HAH
DAS KITZELT VIEL MEHR, …
… JETZT, WO ICH KEINEN BART MEHR HAB.
KRIBBEL
KRIBBEL

HAH
MH!
ZUCK
SCHAUDER
HAAH!
AH!
UH!
FITSCH
FITSCH
FITSCH
AH!
HAH!
ZUCK
ZUCK
SHI...
SHIN, DEIN RING ...
HAH!
ZU ZUCK

OH!
SORRY, TUT'S WEH?
MH!
NEIN ... DAS MEIN ICH NICHT.
HA!
HAH!
ER WIRD DOCH DRECKIG DABEI.
ACH WAS, AN DIR IST DOCH NICHTS DRECKIG, SEIJI.
SCHLK
OKAY, OKAY, OKAY. SCHON GUT! DAS HÄTT ICH MIR ABER AUCH GLEICH DENKEN KÖNNEN!

MANN!
NICHT DRAN LECKEN, BÄHHH!
GIB DEINE HAND HER, ICH MACH DICH SAUBER!
GNN
DU BIST MEIN EIN UND ALLES, SEIJI.
DARUM IST AUCH ALLES AN UND VON DIR KOSTBAR FÜR MICH.

DU BIST JA WIEDER MAL GANZ SCHÖN ÜBERWÄLTIGEND.
JA.
FRSCH
FRSCH
NA, NA!
RUCK
!
ABER WEISST DU, …
… MIR GEHT ES GENAUSO.
DIE EICHELN, DER RING, …
… DEINE LIEBE … GANZ EGAL, WAS DU MIR SCHENKST, …
… DAS ALLES SIND SCHÄTZE FÜR MICH.

OKAY.
HI HI
HAH
FTSCH
FTSCH
HAH

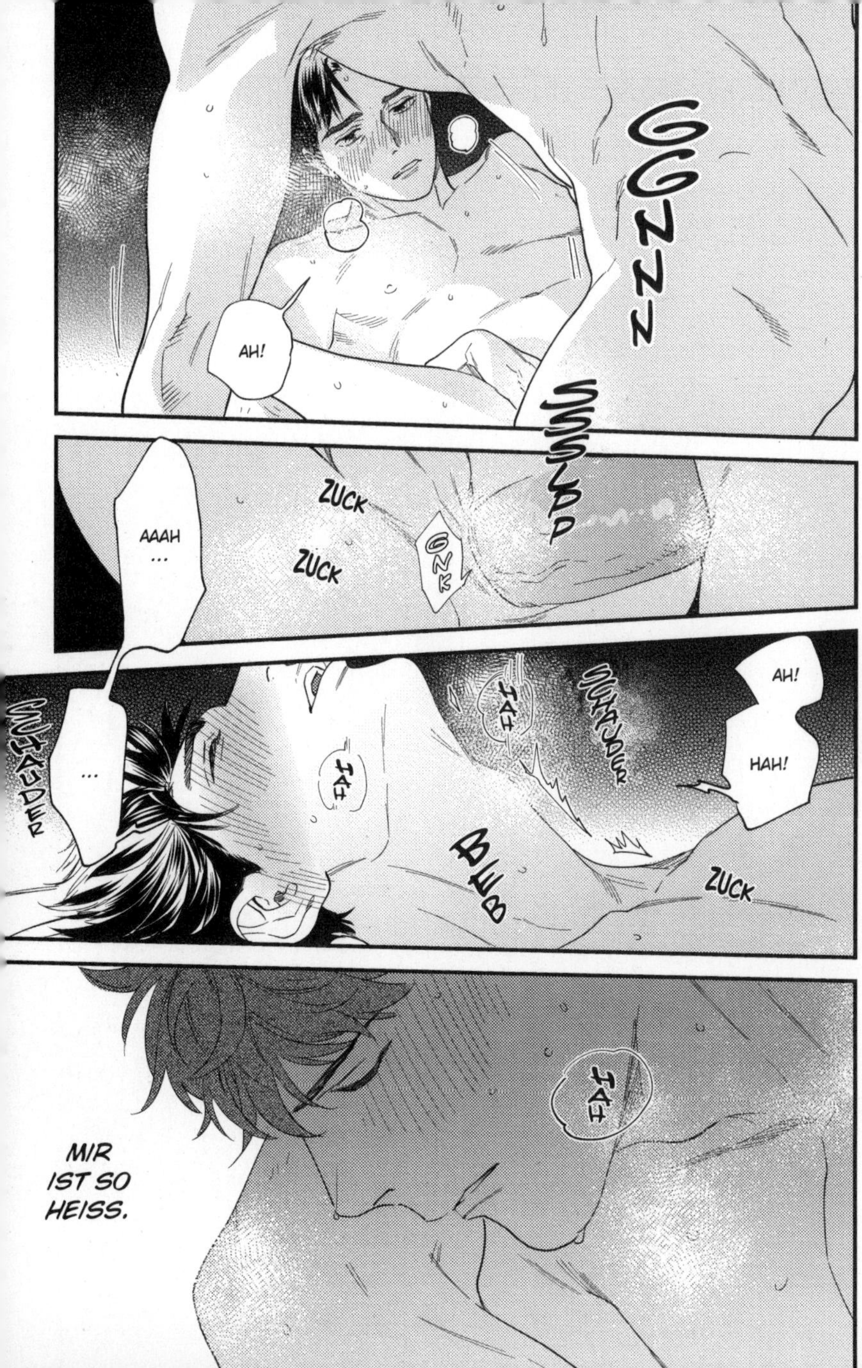

GGNNN
AH!
SSSLPP
ZUCK
ZUCK
GNK
AAAH
...
AH!
HAH!
SCHAUDER
HAH
HAH
BEB
ZUCK
...
SCHAUDER
HAH
MIR IST SO HEISS.

OBWOHL ES HIER IM ZIMMER DOCH GAR NICHT SO WARM IST …
AH!
AH!
… UND MICH AUCH DER SCHWEISS KÜHLEN SOLLTE, …
HAH!
… SPÜRE ICH DIESE HITZE IN MEINEM HERZEN UND IN MEINEM GANZEN KÖRPER.
HAH
SEI… …JI …
HAH
HAH
AH!
HAAH
AAH!
UH!
HAH
AH!
HA!
HAHA!
ICH WEISS SCHON GAR NICHT MEHR, OB MIR HEISS ODER KALT IST.
ES IST EIN KLEINES WUNDER.

WIE OFT HABE ICH MIR DAS SCHON GEDACHT?
WIE OFT HABE ICH BEFÜRCHTET, GLEICH AUS DIESEM TRAUM ERWACHEN ZU MÜSSEN?
DOCH ER ZEIGT MIR, DASS ES KEIN TRAUM IST.
„HÖR MAL, ...“
„... ICH MÖCHTE DEN KERL LIEBEN LERNEN, DER MICH SO LIEBT.“
DAS HAT ER MIR STETS BEWUSST GEMACHT UND ER WIRD ES MIR AUCH VON JETZT AN IMMER BEWUSST MACHEN.
„DU LIEBST MICH DOCH, ODER NICHT?“

ICH LIEBE DICH, ...
... SEIJI.

HNNNG
...
GRINS
GANZ SCHÖN GEMEIN VON DIR.
ICH LIEBE DICH AUCH, ...
... SHIN.

ÜBRIGENS, SHIN, ...
... WIE VIEL ...
BODUMM
... HAT DIESER RING EIGENTLICH GEKOSTET?
...
I... ICH LIEBE DICH.
HEY.

NA, SIEH SICH DAS EINER AN!
WO HAST DU DENN DAS GESCHICKTE ABLENKUNGS-MANÖVER GELERNT, SHIN?!
WENN ICH'S DIR SAGE, WIRST DU BESTIMMT SAUER.
FUAAAA
AAAH
WAS? SO TEUER?
I… ICH LIEBE DICH.
NICHT ABLENKEN
ICH HOFFE, DASS NOCH VIELE, VIELE WEITERE GEMEINSAME TAGE …
… VOLLER WUNDER UND LIEBE VOR UNS LIEGEN.

my pretty policeman

ENDE

WAS IST DENN DAS FÜR EINE DOSE?
BONUS-KAPITEL
FEIX
FEIX
DAS DESIGN PASST JA ÜBERHAUPT NICHT ZU SHIN.
IST DAS VIELLEICHT EIN GESCHENK VON EINEM MÄDCHEN?
SHIN, DIESER KLEINE SCHLAWINER.
KNACK
DAS MUSS ICH GLEICH KONTROLLIEREN, OB MICH MEIN FREUND AUCH NICHT BETRÜGT.
NATÜRLICH …
… WAR ES MIR KLAR.
SWP

* GLÜCK FÜR HERAUSFORDERUNGEN

SIEHE KAPITEL 1 IN BAND 1

SIEHE DIE REISEEPISODE IN BAND 2

ICH WEISS, DAS HAT ER ALLES VON MIR, ABER TROTZDEM ...
HÄTT ICH IHM MAL LIEBER EINE KARTE GESCHRIEBEN.
NA UND? IST DOCH NICHTS DABEI.
UWAH!
BWASCH
SCHLIESSLICH HAST DU AN DEN EICHELN, DIE ICH AUS DEM PARK MITGEBRACHT HAB, ...
... AUCH EINEN NARREN GEFRESSEN UND IHNEN SOGAR NAMEN GEGEBEN.
PF...
PFLANZEN WACHSEN BESSER, WENN MAN SICH LIEBEVOLL UM SIE KÜMMERT!
AUS EINER KONDOMVERPACKUNG SPRIESST SICHER NICHTS!
DER GROSSE BOSS KURINOSUKE
D...
DOCH.
VON WEGEN!
Ende

Nachwort

Hallo und vielen Dank, dass ihr Band 3 von „My Pretty Policeman“ gekauft habt.
Letztes Mal war ich noch unschlüssig, aber jetzt hab ich mir endlich ein Grafiktablet gekauft.
Band 2 erschien ja ursprünglich im Jahr 2019. Tut mir leid, dass es mit Band 3 so lange gedauert hat.
Mir kam es gar nicht so lange vor, weil ich immer irgendwie gezeichnet hab.
Nun ist „My Pretty Policeman“ also mit Band 3 abgeschlossen.
Eigentlich hätten es allerdings vier Bände werden sollen.
Zum Thema Coverillustration
Red.
Dann hätten wir vier Cover mit je einer Jahreszeit.
Das klingt gut. Also dann vier Bände.
Der Inhalt von Band 4 stand auch schon so einigermaßen fest. Aber!
Während ich an Kapitel 4 und 5 für Band 3 zeichnete ...
Nanu? Das fühlt sich doch schon ganz stark nach Abschlussepisode an!
Das besprach ich mit der Redaktion.
Finden Sie nicht, dass dieser Abschluss um einiges schöner und runder ist als der, den wir für Band 4 geplant haben?
Red.
Da könnte was dran sein. Jetzt, wo ich's lese, find ich's auch irgendwie besser.
Ist vielleicht gar nicht übel, so ein sentimentales Ende.
Noch mehr Happy-End geht gar nicht.
Red.
Schade, dass Schluss ist. Die Leute freuen sich sicher, wenn ab und zu noch mal 'ne Bonusfolge kommt – sofern Sie noch was dazu zeichnen wollen.
Ja, zum Beispiel, wie Shin [redacted], oder [redacted].
Red.
Oh! Das klingt toll! Super!
Oder [redacted], oder vielleicht [redacted] ...
... oder [redacted].
Red.
Oh ja, das will ich unbedingt lesen!
Moment, das notier ich mir gleich!
Klacker Klacker Klacker
Red.
Hm, damit könnten Sie locker noch einen Band füllen.
Möchten Sie einen vierten Band?
So viele Ideen?!
Das Finale ist doch schon angekündigt!
Mir waren zwar noch genügend Ideen für einen weiteren Band eingefallen, aber trotzdem ist jetzt vorerst Schluss mit „My Pretty Policeman“. Vielleicht gibt es ja eines Tages ein Wiedersehen mit den beiden. Ich würde mich sehr freuen, wenn ihr dann wieder mit dabei wärt. Vielen Dank, dass ihr die Geschichte so lange mitverfolgt habt!

my pretty
policeman

FÜR UNSERE CHIKO GIBT'S ZU WEIHNACHTEN …
… LECKERLIS UND EIN NEUES SPIEL-ZEUG.
MAON
UND AUSSERDEM …
TADAAA!
… KATZEN-MINZE!
PETIT
Katzenminze Pulver
CHIKO HAT JA NOCH NIE KATZENMINZE BEKOMMEN.
DIE SOLL KATZEN WIE BETRUNKEN MACHEN, ODER?
JA, ANGEB-LICH.
ZUCK
FWP
HIER! NA? NA?

BWATSCH
HUCH!
ZUCK
SCHNAUB
HNFF HNFF
SCHNAUB
GRRP
KRTZ
KRTZ
WIE BRUTAL
FWUSCH
NGAAH
FCHAOH FCHAAH
RIPP
RIPP
AH ...
AH ...
MRAOH
FWATSCH
FWATSCH
MRAOUNG
MRIAON
MRIAO
FWP
FWP
DASS CHIKO SO WILD WERDEN KANN ...
FWATSCH
FWATSCH

my pretty policeman

BOKU NO OMAWARISAN Volume 3

First published in Japan in 2021 by Takeshobo Co., Ltd.
German translation rights arranged with Takeshobo Co., Ltd.
through Tuttle-Mori Agency, Inc., Tokyo.

Verlegt unter dem Label KAZÉ MANGA
durch Crunchyroll SA

Aus dem Japanischen von Martin Bachernegg

Redaktion: Katharina Altreuther
Herstellung: Sonja Lesch
Lettering: Studio Charon
Druck und Bindung: GGP Media GmbH, Pössneck

ISBN 978-2-88921-394-8